Franz
DAS FAULTIER
Luna
DAS LAMA

Rüdiger Bertram

# Die Glitzerbande hilft immer!

Leider wird es dann meist schlimmer

mit Illustrationen von

Sonja Kurzbach

Südpol

MIX
Papier aus verantwortungsvollen Quellen
FSC® C014138

Das Buch wurde auf FSC-zertifiziertem Papier gedruckt und leistet damit einen aktiven Beitrag zur nachhaltigen Bewirtschaftung der Wälder rund um den Globus.

ISBN 978-3-96594-133-5

1. Auflage Februar 2022



Illustrationen: Sonja Kurzbach

www.suedpol-verlag.de

Bibliographische Information der Deutschen Nationalbibliothek
Die Deutsche Nationalbibliothek verzeichnet diese Publikation in der Deutschen Nationalbibliographie; detaillierte bibliographische Daten sind im Internet über http://dnb.ddb.de abrufbar.

# Inhalt

# Auf dem Regenbogen

Schau mal dort oben auf dem Regenbogen.
Höher.
Noch höher.
Ganz weit oben. Das ist die Glitzerbande. Ella wohnt auf dem blauen Streifen, Felix auf dem roten und Luna auf dem gelben. Nur der grüne ist leer, weil Franz lieber auf Lunas weichem Rücken schläft.
Über ihren Köpfen schwebt immer ein Haufen Glitzer.

„Hatschi!“ Leider ist Luna gegen Glitzer allergisch und Höhenangst hat sie auch. „Oje, oje, ist das hoch.“

„Guck einfach nicht nach unten“, rät Ella. „Schau lieber mich an, dann siehst du was Schönes.“

Die Glitzerbande ist immer füreinander da und streitet sich nie. Die vier sind die allerbesten Freunde.

„Schön?“ Felix lacht. „Was soll denn an einem Pickel auf der Stirn schön sein? Sieh lieber mich an. Flamingos sind viel hübscher als Einhörner.“

„Ich pikse dich gleich mit meinem Pickel, du rosa Federkugel“, erwidert Ella beleidigt.

Die Glitzerbande hilft Kindern, die den Heimweg nicht mehr finden.

Oder Kindern, die ihr Kuscheltier verloren haben.

Oder Kindern, denen ihr Eis auf den Bürgersteig gefallen ist.

Wenn ein Kind in Not ist, fängt Ellas Horn an zu zittern. Erst nur ganz leicht, dann immer stärker, bis sie durchgeschüttelt wird, als hätte sie einen Presslufthammer auf der Stirn.
So weiß die Glitzerbande genau, wann sie gebraucht wird.

Jetzt ist Ellas Horn ganz ruhig, da können sich die vier auf ihrem Regenbogen ein bisschen ausruhen.
Dort oben riecht es nach rosa Zuckerwatte und …

**„WER HAT HIER GEPUPST?“,**

ruft Ella und hält sich mit ihren Hufen die Nase zu.
„Oje, mir wird schlecht“, jammert Luna.
„Was guckt ihr mich so an?“, fragt Felix.
„Ich war das nicht! Echt nicht, das war Franz.“
Aber Franz war das bestimmt nicht, der schläft.

Genau in dem Augenblick fängt Ellas Horn an zu zittern.
Erst nur ganz leicht, dann immer stärker.
„Hurra! Ein Kind ist in Not!“ Luna ist glücklich, endlich von dem hohen Regenbogen herunterzukommen. „Franz, Franz, wach auf!“
Wenn das Faultier gebraucht wird, ist es sofort hellwach.
„Gähn, was ist denn los?“, fragt Franz müde. „Ist schon Zeit fürs Abendessen?“
„Nein, ein Kind benötigt unsere Hilfe“, sagt Ella und Felix ruft: „Beeilung, Beeilung, Beeilung!“

Die Glitzerbande stürmt den Regenbogen hinunter.
Felix fliegt, Luna und Ella galoppieren, nur Franz lässt sich tragen.

„Was ist denn überhaupt los?“, will Felix wissen.

„Ein Kind hat im Kaufhaus seine Eltern verloren.
Wir müssen ihm helfen“, antwortet Ella.

Die Glitzerbande rennt durch dunkle Wälder, schwimmt durch reißende

Flüsse und klettert über schneebedeckte Berge.

Nichts kann Ella, Luna, Franz und Felix aufhalten, wenn ein Kind ihre Hilfe braucht.

Sie laufen immer Ellas zitterndem Horn hinterher, bis sie in einer Wüste landen.

Dort ist es so heiß, dass der Glitzer über ihren Köpfen schmilzt und in silbernen Tropfen auf sie niederregnet.
„Sind wir schon da?", fragt Franz verschlafen.
„Bist du sicher, dass wir hier richtig sind?", sagt Felix. „Hier gibt es doch weit und breit gar keine Kinder."
„Und ein Kaufhaus auch nicht", bemerkt Luna.
„Natürlich bin ich sicher", antwortet Ella. „Mein Horn zeigt ... Oh, Entschuldigung! Ich glaube, wir haben uns verlaufen. Wir müssen in die andere Richtung."
„Nicht schon wieder", ruft Luna, weil Ella sich öfters mal verläuft, und Felix brummt: „Jedes Mal dasselbe Theater."

Die Glitzerbande klettert über schneebedeckte Berge,

schwimmt durch reißende Flüsse und

rennt durch dunkle Wälder.

„Platz da! Hier kommt die Glitzerbande! Platz da!“, ruft Felix, als sie endlich die Stadt erreicht haben und durch die Fußgängerzone rasen.
Doch das braucht er gar nicht. Die Leute springen freiwillig zur Seite, damit sie nicht unter Lunas Hufe geraten. Noch mehr Angst aber haben sie vor Ellas Horn, das auf ihrem Weg zum Kaufhaus vier Schirme, drei Hüte und acht Fahrradreifen aufspießt.

# Rettung naht

Als die Glitzerbande am Kaufhaus ankommt, macht Luna eine Vollbremsung.
„Was ist los?“, fragt Ella.
„Hier steht: Tiere verboten.“ Luna zeigt auf einen Aufkleber an der Tür des Kaufhauses. „Wir dürfen da nicht rein.“
„Aber das gilt doch nicht für uns“, erwidert Felix. „Wir sind schließlich die Glitzerbande.“
„Wirklich wahr?“, fragt Luna ängstlich.
„Klar ist das wahr und jetzt alle rein da“, antwortet Ella und stürmt mit Luna, Felix und Franz in das Kaufhaus.

So viele Rolltreppen, Lichter und Menschen haben sie noch nie gesehen. Es sind auch ganz viele Kinder da, die mit ihren Eltern neue Schuhe oder Malstifte kaufen. „Wie finden wir denn jetzt raus, wer uns gerufen hat?“, fragt Luna. „Hier sind so viele Kinder.“

„Ja, aber nur eines, das heult." Felix zeigt auf ein Mädchen, das ganz allein neben den Rolltreppen steht und weint. Sofort rennen sie zu ihr.
„Keine Sorge, wir sind die Glitzerbande", sagt Ella.
„Da brauchst du keine Angst mehr zu haben", sagt Luna.
„Wir sind da, um dir zu helfen", sagt Franz.
„Also hör auf zu weinen. Wir finden deine Eltern schon."
Felix legt einen Flügel um die Schulter des Mädchens, um es zu trösten.

„Was wollt ihr von mir? Ich habe meine Eltern doch gar nicht verloren, die stehen da vorne an der Kasse!“, antwortet das Mädchen und schnieft. „Aber die wollen mir kein neues Handy kaufen, deswegen bin ich traurig. Kauft ihr mir ein neues Handy?“
„Äh, nein, wir haben gar kein Geld“, antwortet Ella, dann wendet sie sich an die anderen und flüstert: „Ich glaube, das ist das falsche Kind.“

„Seid ihr die Glitzerbande?“, fragt plötzlich eine Stimme hinter ihnen.
Überrascht drehen sich Ella, Luna, Felix und Franz um. Vor ihnen steht ein kleiner Junge.
„Mein Name ist Kai und ich habe euch an dem vielen Glitzer über euren Köpfen erkannt. Ihr seid toll!“
Ella, Luna, Felix und Franz werden knallrot und nicken, weil Kai recht hat. Sie sind ja wirklich die Glitzerbande und toll sind sie auch.

Leider haut Ella dem Jungen beim Nicken ihr Horn auf den Kopf.

„Aua!“, ruft Kai erschrocken.

„Verzeihung, war keine Absicht“, sagt Ella. „Tut mir echt leid.“

„Typisch Einhorn“, brummt Felix.

„Nicht so schlimm, geht schon wieder.“ Kai reibt sich seine Stirn. Da ist jetzt eine Beule, fast so groß wie Ellas Horn. „Ich habe hier im Kaufhaus meine Eltern verloren und mich nicht getraut, jemanden um Hilfe zu bitten. Helft ihr mir?“

„Warum hast du sie denn nicht über die Lautsprecher ausrufen lassen?“, fragt Luna.

„Darf man das?“, fragt Kai.

„Klar, aber das brauchst du jetzt nicht mehr. Jetzt sind wir ja da und helfen dir“, antwortet Franz und gähnt, weil er schon so lange wach ist. Mindestens schon fünf Minuten.

„Am besten ist es, du wartest hier und wir verteilen uns in den verschiedenen Etagen“, schlägt Ella vor. „Dann finden wir deine Eltern ganz fix.“

„Ich suche in der Spielzeugabteilung“, sagt Felix.

„Und ich in der Sportabteilung“, sagt Luna.

„Und ich ... ich ... ich ...“ Franz kann sich nicht entscheiden, ob er lieber in der Betten- oder in der Lebensmittelabteilung nach Kais Eltern suchen soll. „Ich gehe erst zu den Lebensmitteln und dann zu den Betten.“

„Und ich in die Parfümabteilung“, sagt Ella.

„Aber wie erkennen wir deine Eltern überhaupt?“, fragt Luna. „Die haben ja bestimmt keinen Glitzer über ihren Köpfen, so wie wir?“
„Das ist ganz einfach“, antwortet Kai. „Mein Vater ist ein Mann, groß und trägt einen grauen Mantel. Meine Mutter ist eine Frau, klein und trägt ein rotes Kleid.“
„Umgekehrt wäre es einfacher“, sagt Franz.
„Ach was, die finden wir leicht“, ruft Ella. „Und jetzt los, aber dalli.“

Ella, Luna, Franz und Felix machen sich sofort auf die Suche.
Zurück bleibt nur noch ein bisschen Glitzer in der Luft.
Und Kai natürlich.
„Viel Glück und beeilt euch bitte“, flüstert er.
Kai hofft, dass die vier Freunde seine Eltern schnell finden.
Aber das schaffen sie bestimmt, da ist er sich ganz sicher.
Die vier sind schließlich die Glitzerbande, die schafft alles.

TOLLE ANGEBOTE!
KAUF MICH!

# Drunter und drüber

„Hätte ich das gewusst, wäre ich im Erdgeschoss geblieben“, stöhnt Luna.
Um zu den Sportsachen zu kommen, muss sie mit der Rolltreppe fahren. Bis ganz nach oben, weil die Sportabteilung direkt unter dem Dach liegt. Rolltreppen kennt das Lama nicht und deswegen hat Luna ein bisschen Angst.
Vor allem vor dem Ende der Treppe und das kommt immer näher. Als sie es erreicht, macht das Lama einen weiten Sprung und landet direkt auf einem Trampolin. Zuerst findet Luna das Hüpfen ein bisschen unheimlich, aber dann kann sie gar nicht mehr aufhören, weil es so viel Spaß macht. Immer wenn sie in der Luft einen Salto macht, schaut sie sich dabei nach Kais Eltern um.

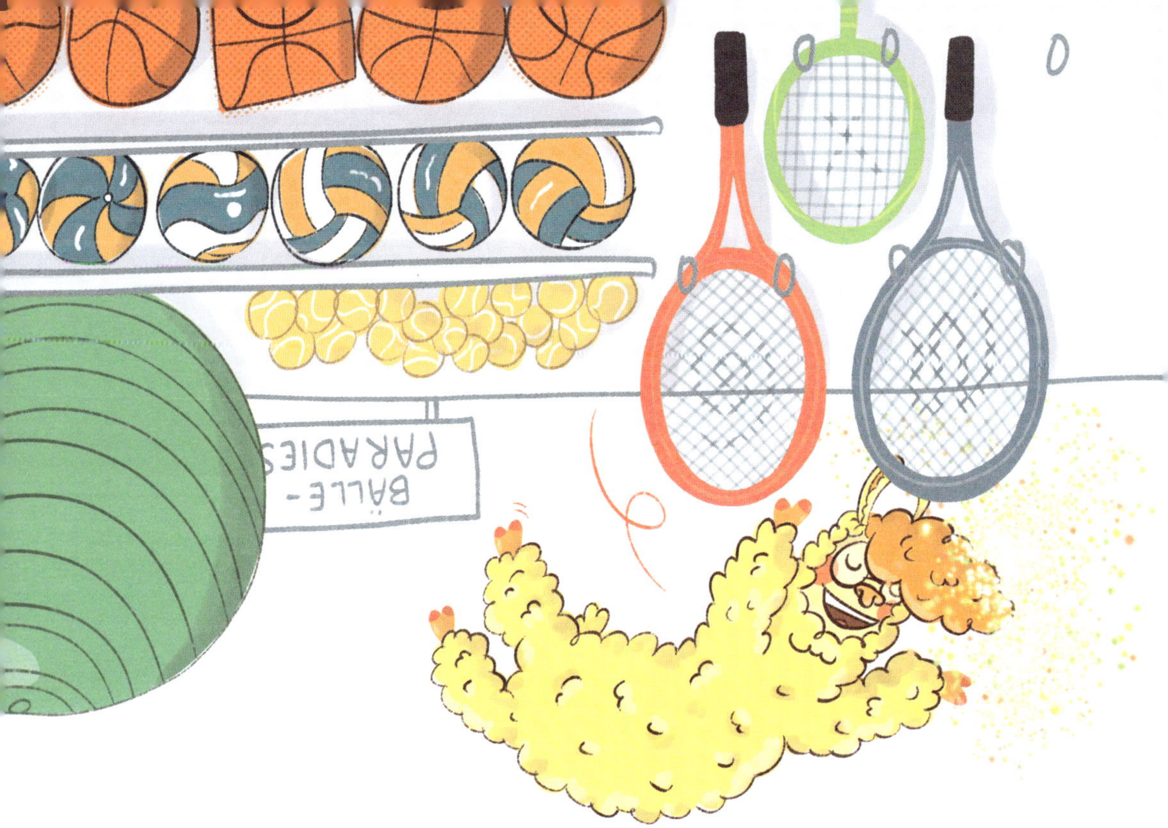


„Komisch, warum stehen denn hier alle auf dem Kopf?", wundert sich Luna, der von den vielen Sprüngen schwindelig wird.

Mit einem dreifachen Salto hüpft sie von dem Trampolin herunter und landet direkt neben einem Fahrrad.
„Das kommt ja wie gerufen!", freut sich Luna.
Mit dem Rad ist sie viel schneller, wenn sie nach Kais Eltern sucht. Das Lama steigt auf den Sattel und tritt kräftig in die Pedalen, so kräftig, als wollte Luna die Tour-de-France gewinnen. Aber so sehr sie auch tritt und schwitzt, sie kommt einfach nicht vom Fleck.
„Das ist aber komisch", keucht Luna und gibt noch mehr Gas. Trotzdem kommt sie kein bisschen voran.

„So einen Heimtrainer wollte ich mir auch schon mal kaufen“, sagt ein Mann, der an ihr vorbeispaziert. „Da kann man auch zu Hause vor dem Fernseher trainieren.“
Luna wird knallrot und steigt schnell wieder ab. Sie hatte gar nicht gemerkt, dass das gar kein richtiges Fahrrad ist, sondern nur ein Heimtrainer ganz ohne Räder.

Das Lama läuft durch die Sportabteilung und hält die Augen offen. Aber Kais Eltern kann es nirgendwo entdecken. Da rollt Luna plötzlich ein Ball vor die Hufe.
„Kannst du uns den bitte zurückschießen?“, ruft ein Mädchen.
„Klar, ich gehöre doch zur Glitzerbande“, antwortet sie. „Da helfe ich euch gerne.“
Luna nimmt Anlauf und schießt den Ball zurück. Volle Kanne.

Leider hat sie etwas zu viel Anlauf genommen. Der Ball saust an dem Mädchen vorbei und knallt gegen das Regal, in dem die anderen Bälle liegen. Basketballbälle, Handballbälle, Volleyballbälle, Gymnastikbälle, Tennisbälle, Tischtennisbälle, Lederbälle und Gummibälle rollen, titschen und fliegen durch die ganze Etage. Es sieht aus wie in einem riesigen Bällebad.

„Oje, oje“, murmelt Luna. „Das wollte ich nicht.“

BÄLLE-
PARADIES

Franz schlurft müde durch die Lebensmittelabteilung. Dort sucht das Faultier überall nach Kais Eltern: an der Käsetheke, der Fleischtheke und sogar an der Fischtheke, obwohl er Fisch überhaupt nicht mag. Auf den Theken stehen überall kleine Tellerchen, auf denen Leckereien zum

Probieren liegen: Wurst, Schokolade, Obst, Pralinen und Kekse. Franz isst alles auf, bis die Teller leer sind und er nicht mehr papp sagen kann.

„Wenn es hier nichts mehr zu essen gibt, such ich halt in der Bettenabteilung weiter“, sagt Franz und gähnt.

Das Faultier nimmt den Aufzug, weil das bequemer ist. In der Kabine steht schon eine Frau, die einen Kratzbaum für ihre Katze gekauft hat. Franz hängt sich einfach an den Stamm und schläft sofort ein. Erst als die Frau aussteigt, wacht das Faultier wieder auf. Franz fährt noch eine Etage weiter, dann hat er sein Ziel erreicht.

„Hurra, ich bin im Faultierparadies gelandet!“, ruft Franz begeistert, weil auf der ganzen Etage bequeme Betten stehen. Eines neben dem anderen.

Am liebsten würde er sich sofort hinlegen und einschlafen.
Aber erst muss er Kais Eltern suchen. Dafür kriecht er sogar unter die Betten, um nachzuschauen, ob sie dort sind.
Aber – oh Schreck!
Weil das Faultier so viel gegessen hat, bleibt es stecken.
Nur sein dicker Po guckt unter dem Bett hervor.
Franz ruft laut um Hilfe:

Aber seine Freunde sind zu weit weg. Die können ihn nicht hören und Ellas Horn fängt auch nicht an zu zittern.
Franz ist ja kein Kind mehr.
Zum Glück hört eine der Verkäuferinnen die Hilferufe und zieht das Faultier an seinen Beinen unter dem Bett hervor.
„Danke“, brummt Franz und sucht weiter nach Kais Eltern.

Das Faultier probiert jedes Bett aus, um zu schauen, ob sie sich vielleicht unter den Bettdecken versteckt haben. Die Betten sind alle herrlich gemütlich. Viel gemütlicher als der Kratzbaum im Aufzug. So gemütlich hat Franz noch nie gelegen, nicht mal auf Lunas weichem Rücken. Da dauert es nicht lange und Franz ist eingeschlafen.
Wieder einmal.

# Unter Wasser

Felix sucht in der Spielzeugabteilung. Da findet er – nein, nicht Kais Eltern, dafür aber ganz viele tolle Sachen zum Spielen. In einem Regal stehen und liegen Stofftiere. Einhörner, Flamingos, Lamas und Faultiere sind auch dabei.

„Das sind ja wir, die Glitzerbande!“, ruft Felix.

Vor lauter Begeisterung vergisst er glatt, weiter nach Kais Eltern zu suchen. Lieber spielt er mit den Kuscheltieren die Abenteuer der Glitzerbande nach. Aber diesmal sagt *er*, wo es langgeht, und nicht Ella.

„Einhörner sind doof!“, ruft er laut. „Alle mir nach, dann verlaufen wir uns auch nicht.“ Felix stellt die Stofftiere in einer Reihe auf und den Flamingo natürlich ganz nach vorne. Leider fällt das Stoffeinhorn immer um, weil sein Horn so groß ist. „Das ist ja mal wieder so was von typisch Ella“, ruft Felix.

Der Flamingo spielt, dass die Glitzerbande einen Teddy rettet, der in einem riesigen Honigglas feststeckt. „Danke, Felix", lässt er den Teddy mit brummiger Stimme sagen. „Flamingos sind einfach die Besten, viel besser als Einhörner."

Als der Bär gerettet ist, schaut sich Felix um. Er hat völlig die Zeit vergessen und keine Ahnung, wie spät es ist. Der Flamingo sucht nach einer Uhr und sieht ...

„Da sind ja Kais Eltern!“, freut sich Felix. „Und wer hat sie gefunden? Ich und nicht das eingebildete Einhorn.“
Der Flamingo lässt die Stofftiere auf dem Boden liegen und fliegt zu einer Frau und einem Mann, die vor einem Regal mit Puppen und Puppenkleidern stehen. Im ersten Moment findet Felix das seltsam, weil Kai doch ein Junge ist. Aber das ist ja Quatsch, Jungen können schließlich auch mit Puppen spielen und Hauptsache ist, er hat die beiden gefunden und Kai muss nicht länger traurig sein.
„Sie sollten sich schämen und besser auf Ihren Sohn aufpassen“, schimpft Felix.

„Wie bitte?“, erwidert die Frau verwundert und der Mann fragt: „Wovon reden Sie?“

„Jetzt ist keine Zeit für lange Diskussionen“, erklärt Felix. „Wir müssen schnell nach unten ins Erdgeschoss. Da wartet Kai schon viel zu lange auf Sie.“

Felix zerrt die beiden mit seinen Flügeln Richtung Rolltreppe, aber sie wollen einfach nicht mitkommen und halten sich an dem Regal fest, bis es umkippt.

„Wir haben doch gar keinen Sohn, sondern eine Tochter“, sagt die Frau und der Mann sagt: „Und die heißt auch nicht Kai, sondern Julia.“
„Echt wahr?“, fragt Felix überrascht.
Erst als die beiden nicken, bemerkt Felix, dass sie gar nicht so aussehen, wie Kai seine Eltern beschrieben hat. Der Mann ist zwar ein Mann, aber eher klein und trägt eine rote Jacke und die Frau ist zwar eine Frau, aber eine ziemliche große und ihr Kleid ist grau.

Ella steht in der Parfümabteilung und schaut sich dort nach Kais Eltern um. Aber so richtig konzentrieren kann sie sich nicht auf ihre Suche. Dazu riecht es hier viel zu gut, fast sogar noch besser als auf ihrem Regenbogen. Ella schließt die Augen und hält schnuppernd ihre Nase in die Luft.
„Hmm, duftet das toll“, sagt sie und seufzt.
„Darf ich Ihnen kurz ein paar Sachen zeigen?“, spricht eine Verkäuferin das Einhorn an. „Die würden Sie bestimmt noch hübscher machen.“
„Sehr, sehr gerne, aber wirklich nur ganz, ganz kurz“, erwidert Ella geschmeichelt. „Ich bin nämlich im Einsatz.“

Die Verkäuferin fängt sofort an, das Einhorn zu schminken. Ellas Mund, ihre Wangen, ihre Augen und ihre Nase werden ausgiebig gepudert, gecremt und angemalt. Dann ist auch noch Ellas Horn dran. Die Verkäuferin feilt und poliert es und trägt zum Schluss noch eine dicke Schicht lila Nagellack auf.
Endlich ist die Frau fertig und hält Ella den Spiegel hin.
„Jetzt sehen Sie einfach großartig aus! Schauen Sie selbst."
Als Ella ihr Spiegelbild sieht, ruft sie laut:

„Oh, wie schön!
Wie wunderwunderschön!"

Vor lauter Begeisterung hüpft das Einhorn in die Luft.

Ella hat mit ihrem Horn aus Versehen einen roten Ballon zum Platzen gebracht. Vor Schreck springt sie zurück und reißt dabei alle Parfümpackungen aus den Regalen. Die Flaschen fallen auf den Steinboden und gehen in Scherben.
„Was haben Sie getan! Das teure Parfüm!", ruft die Verkäuferin.
„Aber riechen tut es herrlich!", schwärmt Ella und das stimmt. Der Duft aus den zersplitterten Flaschen verteilt sich sofort im ganzen Kaufhaus.

Doch als sich die Flüssigkeiten auf dem Boden vermischen, beginnt es zwischen Ellas Hufen zu dampfen und zu brodeln. Und qualmen tut es auch. Der rosarote Rauch steigt bis an die Decke. Dorthin, wo die Feuermelder sind. Sofort geht die Sprinkleranlage an. Ella und die Verkäuferin stehen im Regen und werden pitschnass.

# Auftrag erfüllt

„Der kleine Kai sucht die Glitzerbande. Der kleine Kai sucht die Glitzerbande. Er wartet an der Infotheke im Erdgeschoss“, ertönt plötzlich eine Stimme über die Lautsprecher des Kaufhauses.

Franz wacht von der Durchsage auf und kriecht schnell aus dem Bett, so schnell das bei Franz eben geht. Also eher langsam.

Luna lässt die vielen Bälle liegen und läuft zur Rolltreppe, obwohl sie Angst vor der Treppe hat.

„Entschuldigen Sie bitte, ich werde dringend gebraucht", verabschiedet sich Felix von Julias Eltern und flattert ins Erdgeschoss.

Und Ella?

Das nasse Einhorn ist froh, dass es endlich wieder ins Trockene kommt. In der Parfümabteilung regnet es immer noch von der Decke und die Schminke läuft Ella übers Gesicht. Schnell galoppiert sie Richtung Infotheke. Sie ist so schnell, dass ihre Mähne schon wieder trocken ist, als sie dort ankommt.

Ella, Luna und Felix erreichen Kai fast gleichzeitig. Nur Franz braucht ein bisschen länger, weil er im Aufzug noch einmal eingeschlafen ist.

„Wo wart ihr denn so lange?", fragt Kai. „Ich habe mir Sorgen um euch gemacht."

„Wir haben das ganze Kaufhaus nach deinen Eltern abgesucht", schwindelt Ella. „In der Parfümabteilung waren sie aber nicht."

„Bei den Spielzeugen auch nicht", sagt Felix.

„In der Sportabteilung habe ich sie leider auch nicht gesehen", sagt Luna.

„Und die Betten waren auch alle leer", sagt Franz. „Genau wie die Teller in der –"

Weiter kommt er nicht, weil wütende Verkäuferinnen und Verkäufer auf die Glitzerbande zulaufen.

„Da sind sie!", schreit eine der Frauen. „Die haben unser ganzes Kaufhaus verwüstet."

„Oh, oh, das riecht nach Ärger."

Fein-
kost
3. Stock
4. Stock
SPORT
?

„Steig auf, wir müssen weg hier“, brüllt Ella.
Kai klettert auf den hohen Rücken des Einhorns und Franz hält sich an den langen Beinen des Flamingos fest. Dann rasen sie los.

Die Besucher des Kaufhauses springen schnell zur Seite, als die vier mit Kai zum Ausgang stürmen. Die Leute haben alle Angst vor Ellas Horn und Lunas Hufen.

Ähm...

Alle?
Nein, ein großer Mann in einem grauen Mantel und eine kleine Frau in einem roten Kleid stellen sich der Glitzerbande mutig in den Weg.
„Da bist du ja, Kai! Wir haben dich schon überall gesucht“, ruft die Frau und der Mann sagt: „Tolle Idee von dir, dich oben auf das Pferd zu setzen, damit wir dich besser sehen können.“
„Ich bin kein Pferd! Ich bin ein –“, ruft Ella, aber Franz gibt ihr einen Stoß in die Seite, damit das Einhorn Ruhe gibt.
Kai springt von Ellas Rücken und umarmt seine Eltern, ganz fest. Sie sind glücklich, dass sie sich wiedergefunden haben. Auch die Glitzerbande freut sich riesig, dass die drei wieder zusammen sind.
„Danke, dass ihr euch um unseren Sohn gekümmert habt“, sagt Kais Mutter und sein Vater sagt: „Ohne euch hätten wir ihn vielleicht nie wiedergefunden.“
„Keine Ursache, wir haben gerne geholfen“, sagt Luna.
„Das ist doch unser Job“, sagt Felix.
„Wir sind schließlich die Glitzerbande“, sagt Ella. „Und ... äh ... ich bin übrigens ein Einhorn und kein Pferd. Einhörner sind viel schöner und klüger als Pferde.“

Zur Erinnerung macht die Glitzerbande schnell noch ein Foto mit Kai. Dafür wacht sogar Franz auf. Aber das hätte er sich auch sparen können, weil Ella das Faultier und Luna mit ihrem Horn aus dem Bild schiebt.
„Und jetzt alle zusammen: Ameisenkacke“, ruft das Einhorn, damit auf dem Foto alle lächeln.
Doch kurz bevor Ella auf den Auslöser drückt, breitet Felix seine Flügel aus, sodass nur noch er und Kai zu sehen sind.
„Spinnst du?“, ruft Ella. „Ich pikse dich gleich.“
„Oje, oje, keine Zeit! Wir müssen weg“, sagt Luna und zeigt auf die wütenden Verkäuferinnen und Verkäufer, die immer noch hinter ihnen her sind.

Die Glitzerbande verabschiedet sich schnell von Kai und flüchtet in die Fußgängerzone.
Sie klettern über schneebedeckte Berge, schwimmen durch reißende Flüsse und rennen durch dunkle Wälder, bis sie wieder auf ihrem Regenbogen stehen. Ella auf dem blauen Streifen, Felix auf dem roten und Luna auf dem gelben. Nur der grüne ist leer, weil Franz wieder auf Lunas weichem Rücken schläft.
„Hätten wir im Kaufhaus nicht alles durcheinandergebracht, hätte man uns nicht gejagt und dann hätte ich Kai nicht auf meinen Rücken genommen und dann hätte er seine Eltern vielleicht niemals gefunden", sagt Ella. „Das haben wir toll gemacht."
„Aber ich war schon ein bisschen toller als du", ruft Felix.
„So ein Quatsch, ich war toller", erwidert Ella.
„Nein, ich", brüllt Felix.

ZZZZZ

„Mir wird schlecht hier oben und niesen muss ich von dem Glitzer auch schon wieder, Hatschi“, jammert Luna.
Nur Franz sagt die ganze Zeit kein einziges Wort, der schläft. Solange bis die Glitzerbande das nächste Mal gerufen wird. Kinder in Not können sich immer auf die vier verlassen. Bis dahin aber müssen sich die Freunde von ihrem Abenteuer im Kaufhaus ein bisschen erholen.
„Mach dich nicht so breit und bleib gefälligst auf deinem Streifen, du angemaltes Nashorn, du!“
„Ich? *Du* machst dich breit, du rosa Federball.“
„Hatschi.“
„Schnarch.“

## Autor: Rüdiger Bertram

Rüdiger Bertram wohnt mit seiner Familie in Köln, wo er davon lebt, Bücher für Kinder und Jugendliche zu schreiben. Das macht er schon seit knapp 20 Jahren, aber ein Einhorn-Buch war noch keines dabei. So kam die Idee zur „Glitzerbande“, denn Rüdiger Bertram ist ein großer Einhorn-Fan. Echt wahr und nicht gelogen.

## Illustratorin: Sonja Kurzbach

Sonja Kurzbach wurde 1983 in Ostfriesland geboren und zog nach dem Abitur nach Bremen, wo sie eine Ausbildung zur Mediengestalterin machte und arbeitete. 2013 gewann sie durch einen Wettbewerb ein Stipendium an der AID Berlin, was sie schließlich in die Hauptstadt zog. Abseits des Zeichentischs liebt sie Karate, Siebdruck, schöne Fahrräder und Punkkonzerte.

# Frecher Perspektivwechsel

## Die Kinder des Froschkönigs erzählen, wie's wirklich war

ab 5 Jahre

»Viel Sprachwitz und das Brechen mit Klischees sorgen dafür, dass auch Erwachsene auf ihre Kosten kommen.« Kathrin Köller, eselsohr

### Bei der Froschprinzessin

Kaum ist der Storch verschwunden, tauchen die Frösche auf. Es dauert keine Minute und sie hocken auf sämtlichen Seerosenblättern. Ein lautes Geplaudere und Gequake beginnt. Zwei Riesenfrösche mit dicken Muskeln schwimmen auf Hipp und Hopp zu. »Wer seid ihr denn und was ...«, sagt der eine Muskelprotz.

»... wollt ihr hier?«, ergänzt der andere.

Die Froschkinder stellen sich vor und erklären, dass sie die Froschprinzessin sprechen müssen.

»So, so, die Froschprinzessin, die ...«, sagt der eine Muskelprotz.

»... möchte aber beim Sonnenbaden nicht gestört werden«, ergänzt der andere.

Offensichtlich kann das eine Kraftpaket ohne das andere keinen Satz zu Ende bringen.

»Es ist sehr dringend«, beschwört Hipp die beiden Riesen. »Es geht um unseren Papa!«

»So, so, da könnte ja ...«

»... jeder kommen und sagen, es ist sehr dringend.«

»Aber es ist wirklich *ungeheuer* dringend! Das Monster mit der goldenen Krone hat unseren Papa geküsst.«

Totenstille am Teich. Man könnte eine Libelle landen hören. Alle Frösche starren auf Hipp und Hopp. Auf einem Blatt in der Mitte des Teiches erhebt sich eine Froschfrau in einem besonders stark glitzernden Grün. Obwohl sie nur leise spricht, hört man ihre Stimme scharf und klar übers Wasser: »Bringt die beiden zu mir!«

Eines Tages müssen die Froschkinder Hipp und Hopp mit ansehen, wie ihr Papa von einem langbeinigen, bleichen Wesen mit goldener Krone geküsst wird. Zu ihrem Entsetzen weicht Papa Grünsprung die schöne grüne Farbe aus den Froschschenkeln und ihm wachsen grässlich lange Arme und Beine ...

● **Lesepunkte bei Antolin sammeln**

**80 Seiten, geb., 170 x 230 mm, durchgängig farbig**
**12,90 €, ISBN 978-3-943086-38-6**

# Herr K ist ein Hund!

**Sieht aber aus wie eine Katze.**

Eines Morgens ist Herr K sich sicher – er ist ein Hund. Seine Verlobte, die Spitzmaus Mimosa, kann allerdings keinen Unterschied erkennen. Aber was macht eigentlich einen Hund aus? Klarer Fall: ein Fell zum Kuscheln, Beine zum Rennen, einen Schwanz zum Wedeln und Pfoten zum Buddeln. Hat Herr K das nicht auch alles? Bei seinem Einsatz als Torwart im Spiel der Fußballmannschaft Union Hundewiese 05 gegen den 1. FC Stubentiger wird allen klar, dass Herr K einfach das sein kann, was er sein möchte!

**Herr K macht Wiau**
80 Seiten, farbig, 14,00 €
ISBN 978-3-96594-086-4

**ab 5 Jahre**

„Bello leidet sehr darunter, dass er keinen Stammbaum hat", sagt Fred. „Ich habe ihm gesagt, dass wir Straßenköter dafür viel mehr aushalten."

Fred rennt los. Mit seinen kurzen, krummen Beinen flitzt er in einem Tempo herum, das Herr K ihm auf den ersten Blick nicht zugetraut hätte. Einmal linksherum, dann rechtsherum, dann eine Vollbremsung und zum Schluss überschlägt er sich dreimal. Er schüttelt sich den Staub aus dem Fell und sagt: „Siehste, Monroe hätte sich seine dünnen Windhundbeine dabei gebrochen und unsere Suzette hätte geheult wie ein, na ja, wie Pudeldamen eben heulen."

„Stimmt", sagt Monroe.

„Stimmt nicht", sagt Suzette.



»Witzig verpacktes Plädoyer für Toleranz und Vielfalt: Denn was ist schon normal? Es ist egal, was andere sagen, wichtig ist, was man selbst fühlt.«
Beate Schräder, Yango Medien

»Die eigenen Gefühle ernst nehmen - darum geht es in diesem Vorlesebuch ab fünf Jahren. In einfachen Worten wird Toleranz und Diversität erklärt.«
Maike Jacobs,
Neue Presse Hannover

Buchtrailer

# Herrlich witzig und erfrischend!

Mia geht in die 3. Klasse und ist auf der Suche nach ihrem ersten Detektivfall, als sie auf Herrn Rippel trifft. Der wohnt in der 19, bei den „schrägen Vögeln". So nennen alle die verrückten Alten, die in Mias Straße wohnen, aber Mia macht das nichts aus, sie ist nämlich to-le-rant. Zum Glück, denn von Herrn Rippel erfährt sie, dass Pirat, die Katze von Herrn Schlottmeier, gestohlen wurde. Mia legt los und ermittelt undercover, nur schade, dass ihre beste Freundin Jil lieber Supestar werden will ...

**Mia und die aus der 19**
176 S., geb., s/w-Illus, 14,00 €
ISBN 978-3-96594-037-6

**»Eine unterhaltsame Geschichte über Freundschaft, „To-le-ranz" und eine Prise Entschlossenheit ... hervorragend zum Selbst- und Vorlesen.«**
Stiftung Lesen

**»eine tolle Geschichte über Toleranz, die uns dazu auffordert, unsere Vorurteile einfach mal über Bord zu werfen.«**
Dein SPIEGEL-Buchtipp von Andrea Halemeier, Buchhändlerin

Herr Rippel, einer der Bewohner aus der betreuten Senioren-WG in Mias Straße, taucht plötzlich mit einem Alpaka im Schlepptau auf. Hat er das Tier etwa entführt? Vielleicht aus dem Zirkus, der gerade in der Stadt gastiert? Drittklässlerin Mia und ihre Freundin Jil ermitteln im Zirkuszelt. Gar nicht so einfach, denn der vorlaute Zirkusjunge Jerome und sein Äffchen funken ihnen immer wieder dazwischen. Und wer hat sämtliche Zirkusplakate mit schwarzer Farbe vollgesprüht?

**Mia und die aus der 19 - Alpaka-Zirkus**
176 S., geb., s/w-Illus, 14,00 €
ISBN 978-3-96594-089-5

● **Lesepunkte bei Antolin sammeln!**

Felix
DER FLAMINGO
Ella
DAS EINHORN